Nichts ist erledigt!

Kleine Geschichten aus der großen Stadt

Eva-Maria Barkhofen

Nichts ist erledigt!

Kleine Geschichten aus der großen Stadt

Bibliografische Information der Deutschen Nationalbibliothek
Die Deutsche Nationalbibliothek verzeichnet diese Publikati-
on in der Deutschen Nationalbibliografie; detaillierte bibliografische Daten sind im Internet über http://dnb.d-nb.de
abrufbar.

Herstellung und Verlag:
BoD - Books on Demand, Norderstedt
© 2023   Eva-Maria Barkhofen
ISBN 9783756851607

Abbildung Titelblatt:
Gottfried Müller,"Tchoban Foundation Berlin 2117", 2016
(Tchoban Foundation, Museum für Architekturzeichnung, Berlin
Inv. Nr. 0997)

Inhalt

Die Zimmerpflanze	1
Wer den Arzt im Haus hat…	2
Baden in der Bäckerei	3
Toiletten am Kupfergraben	4
Der Mann mit dem Goldhelm	5
Lehrjahre sind keine Herrenjahre	6
Der Jungfrau ist übel!	7
Transport eines „Spiegels"	9
Die Zeichnung	11
Behindert im Bus	12
Da rollte Rembrandts Mutter	13
Tabledance im Denkmalamt	15
In der Kantine	16
Grundkurs Denkmalpflege	17
Wohnen unter freiem Himmel	18
Der Hund, der Gassi geführt wurde	19
Unterwasserdenkmalpflege	20
Schlange stehen in Fürstenberg	22
Die Schafe des Pastors	23
DDR-Sportabzeichen 1994	24
Bespanntes Bürgermeisteramt	26
Der Schuster	27
Architekten als Heimwerker	29
Flugangst	31
Mantelanprobe	32
Zahnarztbesuch	33
Weihnachtsmarkt in Berlin-Dahlem	34
Januarmorgen	35
Heiliges Fahrrad	36
In den Hallen am Borsigturm	37

„In Bozen liegen die Waschräume separat"   38

Gewitter am KaDeWe   39

Der Franziskaner und der Liebe Gott   40

Finale in der Staatsoper „Unter den Linden"   41

In der U-Bahn   42

Schaufensterbummel in Berlin-Steglitz   44

Umzug mit Telefonnummer   45

Berlin-Venedig   47

Im Supermarkt   48

Loriot und der „Karneval der Tiere"   50

Irrwege eines Architekten   51

Die Fahrschulstunde   52

„Verstimmte" Gefühle   54

Kabarettistische Begegnung   55

„Nichts ist erledigt!"   56

Neubaueröffnung am Pariser Platz   57

Häuserbau oder Städtebau   58

Nächtliche Ruhestörung   61

Bruno Taut   62

Falscher Hase   63

Hamburger Bahnhof   65

Das Kölner Schloss   66

Schönefeld und Hinterhof   67

Flug in die Hauptstadt   68

Der falsche „Herr Mattern"   69

Keinen Architekten im Keller   70

Bierkauf   71

Fluchtwege   72

Der Möbelpacker   73

Die Spinne im Entspannungsbad   74

Im Kaufhaus   75

Im Krankenhaus   76

Mit Windkraft im Taxi   77

Museum für Architekturzeichnung   79

Die Zimmerpflanze

Gerade habe ich mein Bewerbungsgespräch in Berlin bei den Staatlichen Museen hinter mich gebracht, bin glücklich über die Stellenzusage und auf der Suche nach einem Zimmer. Freundlicherweise lässt mich ein ehemaliger Kommilitone aus Münster, der inzwischen beim Präsidenten der Staatlichen Museen arbeitet, auf seiner Couch schlafen.

Nach einem angeregten Gespräch, das bis tief in die Nacht gedauert hat, mache ich es mir auf der Couch bequem.

Irgendwann, ich weiß nicht, wie lange ich geschlafen habe, stürzt mit peitschendem Geäst die fast raumhoch gewachsene Zimmerpflanze der Länge nach auf mich herab. Nach dem ersten Schock suche ich mit rasendem Herzen nach einem Lichtschalter und versuche das Ungetüm, das sicherlich Jahrzehnte gebraucht hat, um diese enorme Größe zu erreichen, wieder in seinem Topf aufrecht zu stellen. Das gelingt erst, nachdem ich den Sessel davor geschoben habe.

Am anderen Morgen berichte ich dem Freund vom nächtlichen Angriff seiner „Ficus Benjamina" auf mich.

Er aber sagt:

„Ach so, dann braucht sie Wasser."

Wer den Arzt im Haus hat…

Ich bin gerade aus Münster nach Berlin gezogen, um nach dem Studium meine erste Stelle in Berlin anzutreten. Ich habe eine Wohnung in Moabit in der Turmstraße gefunden. Die Miete nimmt die Hälfte meines Volontärgehalts ein. Sie liegt im fünften Geschoß eines Hauses aus den fünfziger Jahren und wird von Mietern bewohnt, die in der Bauzeit jung waren. Man sieht sich zwar nicht, hört aber die Fernsehprogramme in den Wohnungen rechts und links und darüber und darunter.

Kurz nach meinem Einzug stehe ich an den Hausbriefkästen unten im Flur. Mich spricht eine Nachbarin an, eine Hand auf den Stock gestützt, auf dem Arm ihren Silberzwergpudel.

„Das ist aber schön, dass wir jetzt eine Frau Dr. im Haus haben. Da müssen wir nicht jedes Mal raus zum Arzt."

Sie strahlt mich an, und ich schaffe es nicht ihr meinen „Dr. phil." zu beichten. Ich tröste mich, dass ich mit einem Arzt befreundet bin, den ich im Notfall rufen werde.

Baden in der Bäckerei

Wie jeden Morgen gehe ich in die Bäckerei, die im Souterrain der Wilsnacker Straße in Moabit liegt, um mir Frühstücksbrötchen zu kaufen. Nein, wie jeden Morgen werde ich Brötchen verlangen und wie jeden Morgen wird die junge Verkäuferin sagen: „Watn`für Brötchen, det sich allet Brötchen".

Und ich werde wie jeden Morgen sagen, „zwei normale, bitte", weil mir das Wort „Schrippe" einfach nicht über die Lippen will.

Aber heute ist es anders, ein Schild prangt außen an der Ladentür, „Kaffeeausschank". Das ist neu. Eine Kaffeemaschine blubbert hinter der Theke, ein Stehtisch mit Milch und Zucker steht davor. Ich bewundere die Neuerung und will meine übliche Bestellung aufgeben, da öffnet sich die Tür, eine fein gekleidete Dame steht auf der obersten Stufe und fragt direkt neben dem neuen Schild sehend ins Geschäft hinunter:

„Kann man hier Kaffee trinken?"

Ich schaue die Frau und dann die Bedienung an. Stünde diese nicht drei Stufen tiefer, wäre die nun folgende Antwort von ganz weit oben auf die Fragende herunter gerauscht:

„Wenn ick jetzt die Tür abschließen und Wasser rinn lassen würde, dann könnten se hier auch baden, wa!"

Die Dame holt tief Luft, dreht um und verschwindet, und ich habe meine „normalen" Brötchen vergessen.

Toiletten am Kupfergraben

Sitzung im Alten Museum. Etwa 20 Personen, davon nur zwei Frauen, die ältere Restauratorin und ich, finden sich im Sitzungssaal ein. Es ist Februar und der Raum vollkommen überheizt. Die Fenster werden aufgerissen, die Heizung lässt sich nicht regulieren. Der Präsident höchst selbst ist anwesend und eröffnet die Diskussion um die Vorbereitungen der großen Gemälde-Ausstellung. Es geht um die Sicherheit des Gebäudes, vor allem aber um das Raumklima. Nachdem unendlich viele Möglichkeiten aufgebracht, diskutiert und wieder verworfen waren, kommt ein wichtiger Tagesordnungspunkt: Zustand und Kapazität der Toilettenanlagen im Museum entsprechen in keiner Weise den Ansprüchen an eine Ausstellung diesen Ranges. Kurzfristig ist aber weder das Geld noch die Zeit vorhanden, um diesem Problem gerecht zu werden.

Schließlich spricht der Präsident:

„Also die Männer können sich ja an den Kupfergraben stellen!"

Allgemeines Grinsen, nur die ältere Restauratorin neben mir, erhebt unter Protest die Stimme:

„Und die Frauen?"

Darauf er: „Die Frauen, die müssen schon auf der Fahrt hierher!"

Der Mann mit dem Goldhelm

Volontäre haben es nicht leicht. Auch nicht die, die in den Staatlichen Museen zu Berlin ihre ersten Museumserfahrungen sammeln. Sie müssen Anfragen beantworten, auf die es eigentlich keine Antworten gibt.

Ich schaue in den Brief, den mir der Direktor der Gemäldegalerie soeben stumm in die Hand gegeben hat. Die Handschrift lässt auf einen älteren Menschen schließen.

„Sehr geehrte Damen und Herren,

in der Presse las ich, dass Ihr Gemälde, ‚Der Mann mit dem Goldhelm' gar kein Original vom Maler Rembrandt ist. Wir haben in der Familie seit vielen Jahren ein originales Ölgemälde, das den ‚Mann mit dem Goldhelm' zeigt. Wenn Ihres nicht das Original ist, könnte es vielleicht das unsrige sein?

Für eine Antwort wäre ich Ihnen sehr dankbar".

Ich ziehe das beigelegte, leicht verwackelte Farbfoto aus dem Umschlag. Es zeigt eine grauenhaft schlechte Kopie des „Mannes mit dem Goldhelm", vielleicht in den 1930er Jahren entstanden.

Was soll ich der Dame schreiben? Am nächsten Morgen weiß ich es: Sie fragt nach einem Original. Das hat sie, und das werde ich ihr schreiben!

Lehrjahre sind keine Herrenjahre

Erste Sitzung mit dem Hauptsponsor der Gemälde-Ausstellung im Zimmer des Direktors der Gemäldegalerie. Anwesend sind neben dem Chef, drei weibliche „Art-Directors" des US-Amerikanischen Unternehmens, der Ausstellungsekretär und ich, die Volontärin, 33 Jahre alt, Dissertation mit „Summa cum laude" absolviert, seit einem Jahr in alle internen Belange der Ausstellung einbezogen und gerade mit dem Verfassen von Ausstellungs-texten beschäftigt. Also sitze ich mit entsprechendem Selbstbewusstsein mit am Tisch.

Der Direktor stellt sich und uns den drei Damen vor, weist auf mich zuletzt:

„Und das ist unser Lehrling!"

Die Damen der Art Direktion schauen mich verständnislos an.

Ich sage nichts aber denke mir: Ich kann noch etwas anderes werden, er nicht mehr.

Der Jungfrau ist übel!

Meine erste Reise als Kurierin mit einer Leihgabe aus der Gemäldegalerie geht von München nach Berlin. Ich muss eine Jungfrau Maria mit Jesus und Johannesknaben abholen.

Ich bin aufgeregt und fühle mich verantwortlich wie „James Bond", der das Königreich „Preußischer Kulturbesitz" beschützen muss.

Die Realität ist weniger spannend. Kontrolle durch den Restaurator, verpacken durch die Kunstpacker, acht Stunden im LKW der Kunstspedition auf der Autobahn A 9, die voller Schlaglöcher ist, mit baumelnden Beinen, da der Sitz für meine Körpergröße zu hoch ist, sind kein Zuckerschlecken. Nach einigen Stunden sind mir beide Beine eingeschlafen, und der Fahrer stellt mir hilfsbereit die hölzerne Werkzugkiste unter die Füße.

Ich mache mir Sorgen um das Gemälde, aber die Kunstpacker beruhigen mich mit der speziellen Luftfederung des LKWs.

Am anderen Tag stehe ich im Depot der Gemäldegalerie neben dem Kurator, und unter den strengen Blicken der Restauratorin öffnen die Kunstpacker die Transportkiste. Mit mulmigem Gefühl beobachte ich die Prozedur, Kontrolle der Zustandsprotokolle, Kontrolle des Werks. Irgendwie glaubt man nach einem Kunsttransport stets das Kunstwerk könnte vollkommen zerstört sein oder sich einfach in Luft aufgelöst haben.

Da sagt einer der Kunstpacker:

„Ich finde die Maria ist etwas grüner im Gesicht als vor der Fahrt, finden sie nicht auch?" und schaut mich kritisch an.

Ich fand, das grünliche Gesicht hatte sie schon vor der Fahrt sage aber lieber nichts. Die Restauratorin zieht nun fragend die Augenbrauen hoch.

Da tritt sein Kollege an die Seite zur Transportkiste, schaut tief hinein und sagt:

„Übergeben hat sie sich aber nicht!"

Transport eines „Spiegels"

Ich stehe neben dem Flugzeug auf dem Flugfeld des Flughafens Tempelhof. Die große Transportkiste mit dem in hochversicherten Gemälde passt so eben in das Heck der 2-Motorigen Maschine und wird mit einem starken Netz verzurrt.

Nur eine Handvoll Passagiere steigen ein. Es geht in Richtung Brüssel.

Nach problemlosem Flug landen wir auf einer Außenposition, ich warte, bis die Passagiere ausgestiegen sind.

Es regnet in Strömen, der Bus mit den Passagieren ist längst abgefahren. Der Kapitän fragt, was mit der Kiste geschehen soll.

„Ich warte auf die Kunstspedition."

„Ok, aber in einer halben Stunde muss ich zurück."

Ich friere und antworte auf seine Frage, was denn in der Kiste sei: „Ein großer Spiegel".

Es kommt kein Kunstspeditionsfahrzeug.

„Könnten Sie bitte mal nachfragen, wo die Kunstspedition bleibt?"

Der Kapitän spricht in sein Funkgerät und sagt, eine Kunstspedition sei zwar am Terminal, habe aber keine Genehmigung eingeholt, um auf das Flugfeld zu fahren.

Mir wird schlecht.

Inzwischen hat der Kapitän die Flughafenpolizei angefordert. Sie kommen gerade am Flugzeug vorgefahren, als sich der VW-Bus mit dem Reinigungspersonal zur Abfahrt bereit macht.

Zwei schnelle Blicke zwischen Kapitän, Polizei und mir bringen die Entscheidung. Kurzerhand werden die Utensilien der Reinigungsfirma aus dem VW-Bus in den Polizeiwagen umgeladen und die Kiste mit Hilfe der Polizisten in den VW-Bus gehievt.

Eine Reinigungskraft und ich halten die Kiste mit eisernen Minen fest, was gar nicht nötig wäre, denn sie steht auch allein. Die 300 Meter kurze Fahrt bis zum Terminal hinter dem mit Blaulicht eskortierenden Polizeiwagen, ziehen sich hin wie eine Ewigkeit. Die beiden belgischen Kunstspediteure erwarteten die Kunst und mich mit Unschuldsminen und ohne Entschuldigung.

Das Gemälde kam heil und unversehrt an seinem Bestimmungsort an, und ich habe bis heute niemandem von dem ungewöhnlichen Transportdeal erzählt.

Die Zeichnung

Einmal im Monat können Bürger ihre Gemälde und Zeichnungen in die Gemäldegalerie der Staatlichen Museen bringen, um sie bewerten zu lassen. Natürlich werden keine geldrelevanten Wertexpertisen ausgestellt. Es geht allein um die kunsthistorische Einordung nicht signierter oder undatierter Werke.

Heute kommt ein Ehepaar mit einer großen Papprolle. Der Kurator bittet sie den Inhalt auf dem großen Tisch in der Bibliothek auszurollen. Vorsichtig zieht die Frau den Schatz aus der Röhre, während ihr Mann diese festhält.

Eine Tempera-Zeichnung auf stark vergilbtem festem, sehr eng eingerolltem Karton kommt zum Vorschein, deren Bemalung schon beim Ausrollen explosionsartig in feinste Farbpigmente vom Papier abspringt und sich über Zeichnung und Tisch verteilt.

Ich halte die Luft an.

Der Kurator sagt mit Blick auf den sehr durchschnittlichen Entwurf für eine stark farbige historistische Innenraumdekoration:

„Tut mir leid, aber bei uns sind Sie leider verkehrt, wir bewerten nur Werke bis zum Ende des 18. Jahrhunderts. Dieses gehört ins 19. Jahrhundert. Damit müssen sie leider in die ‚Alte Nationalgalerie' gehen".

Er lächelt, schiebt die auf der Tischplatte verteilten Farbpartikel vorsichtig in einer Hand zusammen und schüttet sie in die Rolle zurück.

Behindert im Bus

Auf dem Weg nach Charlottenburg im Bus. Es ist bereits dunkel und es nieselt. Der Bus ist nur halb gefüllt.

Halt: Deutsche Oper. Eine alte Dame steigt mühsam auf ihren Stock gestützt vorne beim Fahrer ein, stellt sich vor den vordersten Sitz und sagt:

„Ick bin bahindert!"

Die junge Frau auf dem für Schwerbehinderte reservierten Platz steht sofort auf und setzt sich eine Reihe dahinter. Der Bus fährt langsam an.

Halt: Ernst-Reuter-Platz. Ein alter Mann steigt mühsam auf seinen Stock gestützt vorne beim Fahrer ein, stellt sich vor den vordersten Sitz und sagt:

„Ick bin bahindert!"

„Ich bin ooch bahindert!" schießt die alte Dame zurück.

Der Mann beharrt weiter auf diesen Sitzplatz, ein lauter Disput entspannt sich zwischen den beiden. Die Stöcke heben sich drohend.

Nach einer gefühlten Ewigkeit schaltet sich der Busfahrer ein und sagt ins Mikrofon:

„Meine Herrschaften, ick kenne da nen juten Anwalt, den könnte ick Ihnen empfehlen. Aber vorher setzen se sich hin, sonst endet unsere Fahrt heute hier bei Ernst Reuter!"

Da rollte Rembrandts Mutter

Es ist kurz vor der Eröffnung der großen Gemälde-Ausstellung im Alten Museum. Die Kuriere aus der ganzen Welt reisen mit ihren Leihgaben an, es sind spannende Augenblicke, wenn die Werke vor den kritischen Blicken der Fachleute ausgepackt werden.

Heute ist eine Kurierin aus Russland angekündigt, sie begleitet das Portrait von Rembrandts Mutter. Ein kleinformatiges Gemälde, das soeben, gut verpackt, auf einem „Hund", -so heißen die kleinen Rollwagen auf vier Gummirollen-, von zwei Kunstpackern vorsichtig in den Ausstellungsraum herein gerollt wird.

Sie heben die Klimakiste, die wie es sich gehört, aufrecht stehend transportiert worden war, vorsichtig auf den Packtisch und legen sie auf den Rücken. Ein eigenartiges Geräusch ist zu hören, als ob sich etwas Loses in dem Behältnis bewegen würde.

Die Anwesenden schauen sich an, die ältere Kurierin aus Russland ist blass geworden, und die Packer beginnen die Schrauben des Deckels zu lösen. Vorsichtig wird er angehoben, das Seidenpapier von der Bildoberfläche abgenommen. Alle beugen sich über das Gemälde und sehen, dass das Geräusch von 4 großen Schrauben kam, die beim Flachlegen auf dem Gemälde hin und her gerollt sind.

Wieder blicken sich alle an, die Kurierin setzt sich auf den nächststehenden Stuhl und ist nun käseweiß im Gesicht. Keiner sagt ein Wort.

Der Restaurator nimmt die Schrauben vorsichtig vom Gemälde, rückt seine Lampe näher und untersucht das Bild ausführlich.

Wie durch ein Wunder haben die Schrauben nicht die geringsten Spuren auf dem Bild hinterlassen, man hört geradezu wie sich die Anspannung löst.

In die fast ausgelassene Erleichterung aller Beteiligten mischt sich schließlich die Stimme eines Kunstpackers:

„Da kann man mal sehen, wie perfekt unsere Transporte sind. Selbst Rembrandts Mutter brauchte keine Gesichtskosmetik nach der langen Reise."

Tabledance im Denkmalamt

Ich hatte im Denkmalamt eine Berliner Kollegin, die rheinischer Herkunft war und die, obwohl sie seit mehr als 25 Jahren in Berlin lebte und arbeitete, ihren rheinischen Dialekt ebenso liebevoll pflegte wie sie Bananen und Kokosraspel hasste.

Wir nahmen gemeinsam mit 15 anderen Kollegen aus Denkmalämtern der Bundesrepublik an einem mehrwöchigen Computerkurs teil, in dem ein neues Programm für eine Inventardatenbank erarbeitet und getestet wurde.

Mal wieder saßen wir an den 15 PCs, schwitzten im monotonen Rauschen der Ventilatoren und tauschten uns über das komplizierte Verfahren der Datenbank und der Thesaurus-Erarbeitung aus.

Aus Berlin waren besagte rheinische Kollegin und ihr Berliner Kollege, ein stiller, freundlicher Mensch, dabei.

In das Rauschen mischte sich nun ihre Stimme:

„Also Helmut", wobei die beiden „l" in jedem Wort eine besonders starke Betonung erhielten, „Isch versteh dat nit, wenn isch ‚ALT' drücke, dann kommt nit dat, wat isch brauche! Wat soll dat?"

Helmut starrt auf ihren Computerbildschirm. Die Augen der Kollegen sind nun auf das Berliner Duo gerichtet, als sie weiter laut: „Dat System funktioniert nit" schimpft.

Erst nach Minuten, als alle Kollegen sich von den eigenen Computern dem „Problem Berlin" zugewandt hatten, bemerkt die Kollegin die ihr gewidmete geballte Aufmerksamkeit und fragt laut in die Runde: Wat is, soll isch mich auf'n Tisch stellen und Samba tanzen?"

In der Kantine

Ich bin mit meiner Arbeitskollegin der Berliner Denkmalpflege in der Kantine des Berliner Denkmalamts verabredet, die für ihre gute Küche und die großen Portionen bekannt ist.

Ich stehe neben der einen halben Kopf kleineren Frau, - und ich messe mal gerade einen Meter und sechzig-, und bestelle vom Tagesgericht eine halbe Portion. Sie blickt mich fast strafend an und sagt:

„Mir können sie eine doppelte Portion geben!"

Sie erwidert meinen fragenden Blick mit einem lauten:

„Ja, sischer, isch muss mein Kampfjewischt halten!"

Grundkurs Denkmalpflege

Meine ersten Erlebnisse als Referentin der Inventarisation am Brandenburgischen Landesamt für Denkmalpflege fanden noch im Nikolai-Haus in der Brüderstraße in Berlin-Mitte statt. Nicht nur, dass ich einen Dienst-Wartburg chauffieren durfte, der auf Feldwegen mit jedem Geländewagen mithalten konnte, sein Wendekreis jedoch die Breite einer Hauptstraße bedurfte, ich erhielt auch einen Crashkurs in den Grundregeln der Baustilkunde der ehemaligen DDR im Besonderen und des Außendiensts als Referentin der Denkmalpflege im Allgemeinen.

Wir stehen im Morgennebel auf einem Anger eines kleinen Dorfs im Kreis Bad Freienwalde.

Meine Kollegin steht neben mir und holt aus:

„Also das Wichtigste ist, du musst immer gleich schauen, ob es in der Nähe eine öffentliche Toilette gibt, und auch solltest du immer Proviant dabei haben."

Ich nicke beeindruckt über die Abfolge der Regeln, und sie ist zufrieden. Sie wendet sich der Sache zu.

„Also, schau Dich mal um. Das da vorne, das große Gebäude mit dem hässlichen grauen Spritzputz, das war mal das Gutshaus hier im Dorf. Das da drüben scheint die alte Schule gewesen zu sein, und das da", meine Kollegin zeigt auf einen kleinen schäbigen Plattenbau mitten auf dem Anger, an dem „Rat der Gemeinde" steht, „das flache da, das ist spätsozialistischer Neobarack".

Wohnen unter freiem Himmel

Wir sind in einem kleinen Dorf in der Nähe von Frankfurt/Oder. Die Besichtigung eines kleinen Fachwerkhauses, das komplett von Rankgewächsen überwuchert ist und sicherlich mehr als 40 Jahre nicht mehr genutzt wurde, steht an. Beim Bürgermeister habe ich den alten, schweren Schlüssel zur hölzernen Haustür geholt, die wohl 100 Jahre alt ist. Fast ehrfürchtig drehe ich ihn im Schloss um und schiebe die Tür, die stark klemmt, auf.

Was mich erwartet ist helles Sonnenlicht. Das Dach des Hauses ist gar nicht mehr da, was man von außen durch den baumhohen Bewuchs nicht sehen konnte.

Ich gehe zurück auf die Straße, schließe die Haustür genauso ehrfürchtig wieder zu, liefere den Schlüssel beim Bürgermeister ab und sage ihm, dass das Haus eigentlich gar nicht mehr existiert und nicht unter Denkmalschutz gestellt werden kann.

Seinem Blick nach zu urteilen, hat er das schon vor meinem Besuch gewusst.

Der Hund, der Gassi geführt wurde

Morgens um acht. Ich eile die Treppe hinunter und begegne einer der alten Mieterinnen auf der Treppe vor meiner Wohnung. Sie hat ihren Pelzmantel an -designed um 1950-, darunter offenbar ein Nachthemd, dazu Pantoffeln. In ihrer rechten Hand schlenkert die Schlaufe einer Hundeleine, deren Karabinerhaken melodisch im Takt der Schritte Stufe für Stufe hinter ihr her klappert, -ohne Hund-.

Sie lächelt mich an:

„Ach guten Morgen, es ist eine Last mit so einem alten Hund. Kaum ist man aufgestanden und hat sich angezogen, da muss er schon Gassi gehen!"

Ich nicke stumm und gehe vorsichtig an ihr vorbei, um nicht auf die Leine zu treten.

Unterwasserdenkmalpflege

Mit meinem neuen Kollegen der Denkmalschutzbehörde Beeskow, der mich zum ersten Mal als Mitarbeiterin trifft, habe ich einen Termin in einem unglaublich verfallenen Gutshaus aus dem Anfang des 19. Jahrhunderts, das wahrscheinlich schon seit Ende des Zweiten Weltkriegs nicht mehr bewohnt ist. Eigentlich ist es eine Ruine, und ich frage mich, was man daran noch retten könnte.

Der Kollege bittet mich eine sehr fragile Holztreppe ins Dachgeschoss zu nehmen und mir den Dachstuhl anzusehen. Da ich kein Feigling sein will, betrete ich die Stufen sehr vorsichtig. Er kommt nicht mit nach oben, was mich kurz nachdenken lässt. Oben angekommen, sieht man von unten auf die Füße der Tragbalken eines eigentlich „Stehenden Dachstuhls", dessen Stützen nunmehr frei in der Luft hängen. Bautechnisch kann das Dach gar nicht mehr vorhanden sein, aber es ist da.

Vorsichtig gehe ich wieder hinunter und schüttele den Kopf. Der Kollege lässt sich nichts anmerken und zeigt mir einem Außeneingang, der in einen Gewölbekeller zu führen scheint. Wir blicken in absolute Finsternis.

Mit einem Mal schaut der Kollege auf die Uhr, sagt, er habe noch einen Termin und meint, ich käme sicherlich mit dem Keller allein zurecht. Und weg ist er.

Da höre ich ein Platschen im Keller und gehe zum Auto, um eine Taschenlampe zu holen. Der Keller ist offensichtlich nass.

Im Schein der Taschenlampe ist dann zu erkennen, dass das Wasser bis zur Oberkannte der obersten Stufe steht, und das Platschen von einem flüchtenden Frosch stammt.

Ich habe fast trockene Schuhe und mein Leben behalten, aber ich glaube meinem neuen Kollegen keinen Bericht über die Erhaltung dieses Gemäuers gegeben zu haben.

Schlange stehen in Fürstenberg

Mit einer Kollegin von der Unteren Denkmalschutzbehörde Brandenburgs bin ich das erste Mal in Fürstenberg, dem Ort neben dem Eisenhüttenstadt errichtet wurde.

Wir gehen einige Straßenzüge ab, sie erläutert mir Maßnahmen und stellt Gebäude vor, die wir begutachten sollten. Vor einem kleinen Laden stehen ein paar Menschen und warten. Wir gehen vorbei, doch sie wird zunehmend unruhig, schaut sich um und sagt:

„Entschuldigen Sie, ich muss mal schauen, was da los ist."

Und weg ist sie. Ich bleibe in einiger Entfernung stehen und warte. Sie steht am Ende der Schlange und wartet auch.

Nach ca. 10 Minuten frage ich mich, ob ich nicht auch hingehen soll, aber da ist sie wieder zurück und sagt:

„Tut mir leid, aber wenn ich irgendwo Menschen anstehen sehe, muss ich dahin, das ist einfach so. Das ist bei mir einfach geblieben."

Ich verstehe das und frage nicht nach, was es dort gibt, wofür sich das Schlange stehen gelohnt hat.

Ich kenne etwas Ähnliches bei mir: Wenn mir wo und wann auch je ein Pferdetransportanhänger entgegen kommt, drehe ich mich auch immer um, um zu sehen, ob ein Pferd darin steht.

Die Schafe des Pastors

In einem kleinen Ort bei Beeskow. Es ist Februar und bitterkalt. Mit dem Kollegen der Unteren Denkmalschutzbehörde bin ich schon den ganzen Tag unterwegs und auf dem Weg zu unserem letzten Objekt, einem Pfarrhaus, das unter Denkmalschutz gestellt werden soll.

Es ist ein wuchtiger, roter Ziegelbau aus preußischen Zeiten auf großem Grundstück und einem Stallgebäude, in dem Tiere zu sein scheinen. Das interessiert mich natürlich als erstes, und wir entdecken im Stall ein weißes und ein schwarzes Schaf. Welche Überraschung in einem Pfarrhausstall!

Wir freuen uns beide und stehen dann hinten im Garten, um das majestätische Haus in der tiefstehenden Sonne zu begutachten.

Da dreht sich der Denkmalpfleger zu mir um und sagt:

„Übrigens ich heiße Hans-Jürgen", dabei weht eine weiße Atemwolke aus seinem Mund.

DDR Sportabzeichen

Ein Außentermin im Kreis Frankfurt/Oder. Mit meinen beiden Kollegen treffen wir uns mit dem Ortschronisten und dem Bürgermeister einer kleinen Gemeinde nördlich von Frankfurt/Oder.

Besichtigungsobjekt ist ein seit langem leer stehendes Chausseehaus. Wir gehen um das Haus herum, das auf einem völlig verwahrlosten Grundstück steht. Zugleich entdecken wir weiter hinten einen großen Hund an der Kette, der mit wütendem Gebell auf uns zustürmt. Da ich glaube, er könne mir an der Kette nicht schaden, gehe ich weiter, die Kollegen bleiben zurück. Leider ist die Kette so lang, dass ich nun Auge in Auge mit dem übel riechenden Tier stehe und mir durch den Kopf geht, was in einer solchen Situation hilfreich sin könnte.

Von Ferne höre ich die warnenden Stimmen der Männer, die in diesem Augenblick nicht sehr hilfreich sind. Irgendwie gelingt es mir dem Hund die Aggressivität zu nehmen und kehre, langsam rückwärtsgehend, in den Kreis der Kollegen zurück.

In der Zeit bis jemand gefunden war, der den Hund kurz anleint, besehe ich das Haus. Aus Schutz vor Vandalismus sind nicht nur alle Fenster im Erdgeschoß zugemauert, ebenso ist mit den beiden Eingangstüren vorn und hinten verfahren worden.

Ich teile dem Bürgermeister mit, dass ich keine Aussage über die Schutzwürdigkeit machen könne, ohne das Haus im Inneren angesehen zu haben.

Mit Verständnis für dieses Argument sorgt dieser umgehend dafür, dass eine lange Leiter herangeschafft wird.

Wir erklimmen kurz darauf hintereinander die Leiter, - diesmal bin ich wohlweislich die letzte-, und klettern in ein Fenster im ersten Stock.

Als ich den Raum betrete kommt der Bürgermeister zu mir, nestelt zu meinem Erstaunen umständlich in seinem Portemonnaie, greift zu meinem noch größeren Unverständnis an meine Jacke und steckte mir ein Abzeichen an und sagt feierlich:

„Für sportliche Verdienste, stecke ich Ihnen hiermit das Goldene Sportabzeichen der DDR an".

Bespanntes Bürgermeisteramt

Heute habe ich einen Termin mit der Bürgermeisterin eines kleinen Ortes im Kreis Seelow. In ihrer Amtsstube finde ich sie nicht, aber erhalte den Rat einige Kilometer weiter zu fahren, sie sei auf dem Acker. Das ist ja nichts Ungewöhnliches auf dem Land, aber ich habe nicht erwartet, sie hinter einem Zweispänner hergehend beim Eggen vorzufinden. Ich genieße das Bild sehr und warte, bis sie eine Furche zu Ende geeggt hat. Dann stelle ich mich vor und sie entschuldigt sich, dass sie nicht pünktlich zur abgemachten Uhrzeit da sein konnte. Die beiden Pferde seien nicht mehr die jüngsten, genauso wie sie.

Wir gehen plaudernd nebeneinander hinter dem Gespann zum Hof. Sie hängt die Egge ab und führt die beiden Haflingerpferde am Kopf zum Stall. Gemeinsam schirren wir sie ab, und sie freut sich, in mir eine Pferdenärrin gefunden zu haben.

Dann sagt sie: „Jetzt essen wir eine Linsensuppe und dann kommen wir zum Offiziellen!"

Beim Essen haben wir mehr über Pferde gesprochen, als über mögliche Baudenkmäler in ihrem Ort. Es gab dann auch nur eines.

Der Schuster

Heute haben wir eine Besichtigung eines kleinen Fachwerkhauses auf dem Dienstplan, das neue Fenster benötigt und möglicherweise unter Denkmalschutz zu stellen ist.

Wir treffen vor dem wunderbar gepflegten Häuschen, dem einzigen im Dorf, das noch in seinem ursprünglichen Zustand aus dem Beginn des 19. Jahrhunderts zu sein scheint, auf den Besitzer. Dieser, ein kleiner, gekrümmt gehender Mann, empfängt meine Kollegin und mich freundlich am Staketenzaun. Zunächst führt er uns durch das Häuschen, in dem er geboren ist und das er offenbar ganz allein bewohnt. Die drei Zimmer scheinen wie aus einem anderen Jahrhundert möbliert zu sein. Er zeigt uns auch das Schlafzimmer mit einem großen, geschnitzten Ehebett, das aus der Erbauungszeit des Häuschens zu stammen scheint und nimmt mich flüsternd zur Seite: „Hier schlafen wir."

Auf meinen etwas erschrockenen Blick hin ergänzt er, „meine Frau und ich". Wir nicken, obwohl wir wissen, dass seine Frau längst verstorben ist.

Dann führt er uns hinter das Haus in einen ehemaligen Stall, der noch mit seiner kompletten Schusterwerkstatt ausgestattet ist. Er erklärt uns Geräte und Handwerkszeug und flüstert mir zu: „Wenn Sie Schuhe zu reparieren haben, ich mache Ihnen das noch zu DDR-Preisen."

Wir sind gerührt und stellen am Ende des Rundgangs fest, dass es wichtig wäre, dieses Fachwerkhaus unter Denkmalschutz zu stellen. Aber dann könnte der Mann nicht wie er geplant hat, Kunststofffenster einsetzen. Für

Holzfenster würden Erspartes und Rente von knapp 500 DM jedoch nicht ausreichen.

Er fängt an zu weinen, als wir ihm sagen, dass sein Haus einen Denkmalschutz verdient. Wir versprechen alles zu tun, um aus dem Denkmalfond des Landes einen Zuschuss für seine Holzfenster zu erwirken, auch wenn wir wissen, dass das nahezu unmöglich sein wird.

Als wir im Trabi meiner Kollegin nach Berlin zurückfahren, frage ich mich, ob diese Arbeit wirklich auf Dauer für mich die richtige sein wird.

Architekten als Heimwerker

Es ist meine erste Ausstellung als Abteilungsleiterin in einem Berliner Museum, die ich kuratiere. Das Werk eines großen Architekturbüros wird in den Räumen des Martin-Gropius-Baus ausgestellt.

Es ist nicht immer ganz leicht gemeinsam mit Urhebern Werkausstellungen zu produzieren. Meist sind sie von Selbstzweifeln bezüglich der Werkauswahl, der Qualität der Ausstellungsarchitektur oder der Menge der Exponate geplagt. So auch hier.

Ich mühe mich dem Architekten, der Flughäfen und Großbahnhöfe gebaut hat, klar zu machen, dass auch in einer Ausstellung Flucht- und Durchgangswege eingehalten werden müssen und nicht von Modellen und Stellwänden zugebaut werden dürfen. In der Einsicht auf solch schwerwiegende Argumente, sucht er zunächst den Ausweg im Umbau des ehrwürdigen Ausstellungshauses des Architekten Martin Gropius aus dem 19. Jahrhundert, das unter Denkmalschutz steht.

„Kann man nicht hier aus der Wand mit der Flex ein Stück heraussägen, dann passt dieses Modell doch wunderbar?"

Das Modell blieb draußen. Dafür wurde eine Zeichnung kurzerhand abgeschnitten, in einen kleineren Rahmen gepasst und in die noch verbliebene Lücke an der Wand eingefügt.

Und doch hat mich mein Hang zur Präzision und Wahrhaftigkeit in dieser Ausstellung teures Lehrgeld zahlen lassen.

Kurz vor der Pressekonferenz am Tag der Eröffnung nehme ich mit dem Architekten eine letzte Inspektion der

Räume vor und bitte ihn alle Beschriftungsschilder an den Werken genau zu prüfen und eventuelle Fehler anzustreichen, damit diese noch korrigiert werden können.
Eine Stunde vor der Eröffnung sehe ich, dass ausnahmslos alle Labels einen dicken roten Haken tragen.

Wahrscheinlich war und wird dies die einzige Ausstellung bleiben, in der die Labels vom Künstler handsigniert wurden und es bis zum Ende der Ausstellung blieben.

Flugangst

Ich spreche mit einem älteren Kollegen über meine bevorstehende Dienstreise mit dem Flugzeug und darüber, dass heftiger Sturm angesagt ist, den ich beim Fliegen überhaupt nicht mag.

„Macht doch nichts", sagt er, „dann zieh doch im Flugzeug einen Jogginganzug an!"

Ich schaue ihn verständnislos an.

Er nickt und ergänzt:

„Na ja, Passagiere werden doch nach einem Flugzeugabsturz meist in einer Turnhalle aufgebahrt".

Ich habe danach niemandem mehr von meiner Flugangst bei Sturm erzählt.

Mantelanprobe

Ich bin auf der Suche nach einem Weihnachtsgeschenk für meinen Partner. Und ich meine, er sollte einen neuen Mantel haben. Natürlich wieder einen Dufflecoat, denn etwas anderes zieht er im Winter draußen nicht an. Ich klappere die Geschäfte am Kurfürstendamm ab und werde fündig. Da ich aber nicht genau weiß, ob der Mantel meiner Wahl wirklich passt, stehe ich unschlüssig herum. Ein junger Verkäufer, sicher erst Mitte zwanzig, sieht mich und eilt dienstbeflissen auf mich zu. „Kann ich Ihnen helfen?"

Ich erläutere ihm mein Dilemma, und er fragt, „ach, es soll ein Geschenk für Ihren Sohn sein?"

Ich bin sauer, sehe ich -mit 33 Jahren so alt aus, als ob ich einen Sohn mit dieser Konfektionsgröße hätte?

„Nein, für meinen Mann", sage ich patzig, „aber er hat besonders lange Arme".

„Ich werde für sie mal hineinschlüpfen", versucht er seinen Fehler gutzumachen.

Er zieht sein Jackett aus, streift den Mantel meiner Wahl über und sieht aus wie ein Abiturient im Kommunionsanzug. Die Schultern zu eng, die Ärmel zu kurz.

Auch seine Lobpreisungen was Qualität und Haltbarkeit dieses außergewöhnlich qualitätsvollen Kleidungsstücks angehen, verführen mich nicht, den Mantel zu kaufen. Stattdessen sage ich: „Ihrem Sohn würde er sicher passen", und gehe.

Zahnarztbesuch

Auf dem Weg zum Zahnarzt. Wie ich diese Besuche hasse, -nein-, wie ich sie fürchte. Die Praxis liegt in einem Altbaublock direkt am Savigny-Platz. Ich gehe durch den Hausflur bis zum engen, in den Hof eingebauten Aufzug und warte. Mit mulmigem Gefühl im Magen fahre ich nach oben. Der Aufzug hält im ersten Geschoß.

Es steigt ein „Loriot", er hält ein gerahmtes Bild unter dem Arm.

Spinne ich? Mit Loriot im Aufzug zum Zahnarzt? Ich fürchte bereits in fortgeschrittener Zahnarztphobie zu halluzinieren; aber der Mann in Unterarmnähe ist wirklich Loriot.

Ich muss unbedingt etwas sagen. Aber was?

„Guten Tag Herr von Bülow!"

„Oh, guten Tag, guten Tag.- Sie müssen zum Zahnarzt?-"

Ich nicke, noch immer nicht ganz sicher, ob ich einem Trugschluss zum Opfer gefallen bin.

„Das wird schon", sagt er mit seinem unnachahmlichen Lächeln als ich leider den Fahrstuhl verlassen muss.

Ich betrete geradezu euphorisch die Praxis. Auch wenn die Arzthelferin meinem Bericht über die wundersame Begegnung im Aufzug den Glanz mit dem Kommentar zu nehmen sucht, Loriot habe im Dachgeschoß eine Wohnung, die Begegnung hat Selbstheilungskräfte in mir aktiviert.

Meine Angst vor der Zahnbehandlung ist weg.

Weihnachtsmarkt in Dahlem

Abends auf dem historischen Weihnachtsmarkt in der Domäne Dahlem. Es ist bitterkalt, es hat geschneit und die Stimmung ist gut für ein oder mehrere Gläser Glühwein.

Die Stände mit handwerklichen Kostbarkeiten sind dicht umlagert. Man findet nicht nur Weihnachtliches, auch Kunsthandwerk und Schmuck werden angeboten. Zwei Pärchen älteren Geburtsjahrgangs, die offenbar zusammengehören, schlendern an den Ständen vorbei. Die beiden Frau vorweg, die Männer drei Schritte hinterher.

An einem Stand, der Bernstein anbietet, halten die Frauen ein und begutachten die Auslage. Unter den Halsketten sind einige mit tischtennisgroßen Bernsteinkugeln.

Die beiden Männer sind beeindruckt. Da stößt der eine den anderen an und sagt:

„Mit so `ne Kette kannste deene Alte inne Havel fasenken, wa? Koof doch eene!"

Die Frauen haben die Bemerkung nicht gehört, aber die Nasen gepircte Verkäuferin flüstert zwischen Schal und Mütze:

„Sorry, aber Bernstein schwimmt!"

Januarmorgen

Es regnet, es ist der 4. Januar am frühen Morgen. Ich gehe aus meiner Wohnung die Zionskirchstraße hinab und betrachte die nachfestlichen Hinterlassenschaften auf dem Bürgersteig. Haufenweise Weihnachtsbäume mit vorzeitig abgelaufenem Haltbarkeitsdatum harren traurig der Abholung durch die BSR. An manchen Zweigen zittern noch Fäden Goldlamettas im Wind.

„Früher war mehr Lametta!" sage ich halblaut.

„Jenau!"

Ich zucke zusammen und blicke mich um.

Ein Mieter im Hochparterre liegt im Fenster und schaut, die Augen gegen Regen und Zigarettenrauch zusammengekniffen, auf mich herab.

„Det die Leute ihrn Boom nich anständig abschmücken können. Det fressen doch die Elefanten im Zoo denn mit, und det kann nich jut sein für die Tiere."

„Da haben sie recht", höre ich mich sagen und gehe weiter.

„Weihnachten bei Hoppenstedts" endete irgendwie anders, jedenfalls mit ganz viel Papier im Hausflur.

Aber dann war das gerade eben Loriots Berliner Weihnachts-Variante.

Heiliges Fahrrad

Mein altes Fahrrad ist kaputt. Es hat mich seit Beginn meines Studiums weit getragen, aber nun haben sich Altersabnutzungen eingestellt. Der Fahrradhändler am Weinbergspark in Berlin-Mitte mustert das altmodische Hollandrad misstrauisch.

„Det wird teuer, junge Frau, lohnt sich denn det?"

Ich beteure, dass ich an dem Rad sehr hänge, es habe mich schließlich 33 Jahre begleitet und sei mir sozusagen heilig.

Er nickt und zeigt auf den Aufkleber über dem Schlusslicht:

„Mein Rad ist polizeilich in Münster registriert".

„Na jut, wenn det so is, in Münster werden offenbar ooch die Fahrräder heilig-jesprochen", und er schiebt es in die Werkstatt.

Ich bin zufrieden und beschließe beim Abholen noch ein stabileres Schloss zu kaufen.

In den Hallen am Borsigturm

Freitagnachmittag in den „Hallen am Borsigturm". Gestosse und Gedränge auf den Gängen. Die meisten schieben volle Einkaufswagen von Schaufenster zu Schaufenster, und alle haben ganz viel Zeit.

Ich habe es eilig und versuche vergebens, -ohne Einkaufwagen-, an einem älteren Paar vorbei zu kommen. Sie schiebt den übervollen Einkaufswagen, er geht gemütlich daneben, die Hände in den Jackentaschen.

Sobald ich links an ihr vorbei will, schiebt sie den Wagen nach links, will ich rechts vorbei, schiebt sie ihn nach rechts.

Ich bin genervt. Der Mann bemerkt meine Versuche, bleibt stehen und sagt mit verschwörerischer Mine: „So fährt die auch Auto!"

Wenn Blicke töten könnten, er wäre auf der Stelle vor seiner Gattin umgefallen.

„In Bozen liegen die Waschräume separat"

Das wöchentliche Gespräch mit dem Museumsdirektor und dessen AbteilungsleiterInnen zieht sich hin. Es endet auch nicht, nachdem alle Punkte der Tagesordnung abgearbeitet worden sind.

Der Punkt „Verschiedenes" dauert wie immer am längsten, weil man eben nie weiß, was unter „Verschiedenes" alles kommen kann.

Der Direktor scheint die Sitzung mit Genuss in die Länge zu ziehen, die Anwesenden sind genervt.

Da beugt sich der Restaurator zu mir und flüstert, laut und vernehmlich für alle Teilnehmer:

„Wussten Sie schon, in Bozen liegen die Waschräume separat?"

Ich nicke.

Der Direktor verfällt augenblicklich in Schweigen und sieht mit undefinierbarem Blick zu uns herüber.

Aber die Sitzung ist augenblicklich beendet.

Gewitter am KaDeWe

Ich habe frei und bummle über den Kurfürstendamm. Es ist schwül, und wie aus dem nichts entläd sich ein heftiger Gewitterschauer über den Wittenbergplatz.

Unter dem Vordach des KaDeWe haben sich diverse Menschen zusammengefunden, um auf das Ende des Regengusses zu warten.

Auch eine Gruppe japanischer Touristen harrt dort der Dinge miteinander schnatternd und eingehüllt in dünne, durchsichtige, gelbe Regenüberzüge.

Da kommt ein Mann mittleren Alters vorbei, schon ziemlich durchnässt, wirft von der Seite einen Blick auf die vermummten Japaner und murmelt:

„Gelber Sack? Wird erst nächste Woche abgeholt!"

Der Franziskaner und der Liebe Gott

Im Zug von Berlin nach Münster. Ich sitze im Großraumwagen und habe einen der wenigen freien Plätze mit Tisch ergattert. Es ist still bis auf wenige Handytastentöne und einige leise geführte Gespräche.

Mir gegenüber sitzt eine Mutter mit ihrem etwa sechsjährigen Sohn, der sich ganz offenkundig langweilt und seine Mutter mit allen möglichen, im Zug nicht erfüllbaren Wünschen, wie einen Eisbecher oder einen sofortigen Zoobesuch, nervt.

In Hannover steigt ein Franziskanermönch ein und setzt sich auf den noch freien Platz neben mir. Der kleine Junge ist augenblicklich still und taxiert den hageren Mann, der mit seinem langen Bart und dem braunen Habit mächtigen Eindruck auf ihn auszuüben scheint.

Nach einer ganzen Weile zupft der Kleine seine Mutter am Ärmel und fragt:

„Mama, ist das der liebe Gott?"

Der Mönch schmunzelt.

Nach kurzem Zögern sagt die Mutter:

„Nein, ich glaube nicht, dass das der liebe Gott ist."

Der Junge:

„Schade, sonst hätte ich gern ein Autogramm gehabt."

Finale in der Staatsoper „Unter den Linden"

Das Spiel ist zu Ende, die Klänge aus „Zar und Zimmermann" und lang anhaltender Beifall sind verstummt. Jetzt heißt es nur noch die kürzeste Schlange aus den Sitzreihen zu finden, sich geschickt zwischen Menschentrauben hindurchzuschieben, um die Wartezeit an der Garderobe nicht aus falscher Rücksicht zu sehr auszudehnen.

Eine üppige, in eng sitzendes Brokatbolero und schwarzen Samtrock gekleidete Dame, sitzt verzückt auf ihrem Platz, die Augen geschlossen, nicht wahrnehmend, dass kein Mensch an ihr vorbei aus der Sitzreihe treten kann. Ihr Mann, von ähnlicher Statur mit Mopsgesicht und unter das Kinn geklemmter, gestreifter Fliege, stupst seine Gattin an.

Sie reagiert nicht.

„Steh uff, dat Spiel is aus!"

Sie hebt langsam die getuschten Lider und blickt ihn von sehr weit unten mitleidvoll an, wobei sie die Luft laut durch die Nase ausstößt.

Er, leise in Rage geratend, schlenkert mit seinen kurzen Armen, als wolle er eine Hühnerschar vertreiben und grunzt so etwas wie: „Wassnu?"

Worauf sich seine Gattin, bedächtig den Rock über die runden Hüften glattziehend, zur gänzlichen Breite erhebt, ihn mit einem langen Blick bedenkt und bis in Parkett vernehmbar spricht:

„Wir sind hier inne Oper und nich uff de Flucht!"

In der U-Bahn

Feierabendverkehr. Die U9 ist knallvoll. Die meisten Sitzenden dösen vor sich hin oder starren bei mäßiger Beleuchtung auf das Display ihres Smartphones. Stehende teilen sich mit Blicken Zeitungsseiten des Nachbarn. Manche zucken still nach metallisch klingenden Geräuschen aus winzigen Ohrsteckern. Andere, mit einer Hand an der Haltestange, schirmen sich mit Büchern von der Umwelt ab.

Der Zug hält quietschend, -das Raus und Rein ist rasch beendet-, fährt aufjaulend wieder an.

In den vollen Wagen sind zwei Jungen eingestiegen. Der ältere, etwa 13, dürr und mit blondem Haarschopf, holt eine Geige aus dem Kasten, legt sie ans Kinn und spielt mit leichter Hand ein Werk aus dem venezianischen Barock. Erstaunte Blicke heben sich. Der jüngere, vielleicht Acht und unzweifelhaft aus gleichem Hause, zieht die Mütze vom Kopf und schlängelt sich unverzüglich durch die Reihen, um zu kassieren.

Die meisten Fahrgäste lächeln nun, sind übereinstimmend entzückt ob des Könnens des Geigers und zeigen sich freigiebig. Der Kassierer mit gegeltem, dunklen Stichelhaar und nicht ganz frisch gewaschenen Händen, nickt ernst und sachlich bei jedem Münzenklicken in seiner Mütze. Er hat dabei etwas von einem Verwaltungsdirektor in den hellen Augen. Ein alter Mann spricht den Kollektierenden an: „Na Kleener, kannste denn auch schon so jut Jaije spielen wie Dein jroßer Bruder?"

Ein schneller Blick in das Gesicht des Alten:

„Nee, siesste doch, hab keine Zeit zum Üben!"

Der Mann ist baff, einige Sitznachbarn grinsen; er aber greift in sein Portemonnaie und reicht dem Jungen, wie um seiner unerhörten Frage Abbitte zu leisten, einen Schein, der mit ebensolcher Geschwindigkeit, wie die Antwort in der Hosentasche des Geigermanagers verschwindet.

Die Bahn hält ruckend, die beiden steigen aus, und einen Moment scheint die Geigenmelodie in der Stille zu schweben, dann verliert sich ihr Klang in der missgelaunten Kadenz des Türschließsignals.

Schaufensterbummel in Berlin-Steglitz

Zwei ältere, fein gekleidete Damen flanieren entlang der Schaufenster in der Schloßstraße beim „Bierpinsel". Beide sind nicht mehr gut zu Fuß, sie gehen Arm in Arm. Vor der weihnachtlich dekorierten Auslage eines Spielwarengeschäfts halten sie an.

„Das war aber im letzten Jahr anders!"

„Ja!"

Stille.

Die größer gewachsene der beiden weist mit behandschuhtem Finger nach unten auf ein hübsch drapiertes, kleinteiliges Puppenstubenensemble.

„Das hätten die ja ruhig höher dekorieren können, damit man es besser sieht!"

„Ja".

Stille.

„Aber das ist doch für Kinder."

„Ja eben!"

Zufrieden zuckeln sie weiter.

Die milchige Novembersonne lässt ihr weiß gebauschtes Haar wie zwei Heiligenscheine erstrahlen.

Umzug mit Telefonnummer

Ich habe meine neue Wohnung in Berlin-Mitte bezogen und warte auf die Freischaltung des Telefons. Man hatte mir im Telefonshop versprochen, das sei eine Kleinigkeit, da die Leitung bestehe, allein meine alte Nummer auf die neue Adresse umgelegt werden müsste.

Der Tag geht vorbei, der Anschluss bleibt tot, am nächsten Tag auch. Ich rufe die Telefongesellschaft an und werde mit dem Sprachcomputer verbunden.

„Herzlich willkommen. Im Moment sind leider alle Leitungen belegt. Die nächste freie Leitung ist für sie reserviert." Ich höre minutenlang Konservermusik und die immer wiederkehrende Schleife:

„Bitte Warten, please hold the Line". Endlich das Freizeichen.

Wieder der Sprachcomputer.

„Für Fragen zu Ihrem Vertrag drücken sie bitte die 1, für Fragen zu Ihrer Rechnung drücken Sie bitte die 2, für eine Störungsmeldung drücken sie bitte die 3."

Ich drücke die 3.

„Bitte sagen oder drücken Sie die Ortsvorwahl ihrer Stadt".

Ich drücke „030".

„Wenn sie Fragen zu unseren Tarifoptionen haben, drücken Sie bitte die 1, für alle anderen Fragen drücken Sie bitte die 2, wenn Sie jetzt mit einem Mitarbeiter sprechen wollen, drücken sie bitte die 3".

Ich drücke hastig die 3.

„Zur Qualitätskontrolle werden einige Gespräche aufgezeichnet. Wenn Sie damit einverstanden sind, sagen sie bitte ‚ja', wenn nicht, sagen sie bitte ‚nein'.

„Ja!"

„Sie werden jetzt mit einem Mitarbeiter verbunden."

Ich halte den Atem an.

„….. Sie sprechen mit Herrn Heinrich, was kann ich für sie tun?" tönt eine warme Männerstimme aus dem Hörer, und ich schildere in wenigen Worten mein Problem.

„Junge Frau, sie sprechen mit der Zweigstelle in Dortmund, woher soll ich wissen, warum bei Ihnen in Berlin die Leitungen klemmen?"

Etwa eine Woche später ist mein Telefon ohne weitere Nachfrage bei der Gesellschaft freigeschaltet.

Berlin-Venedig

Endhaltestelle Zoologischer Garten. Alle steigen aus, der Busfahrer öffnet seine Thermosflasche und trinkt Kaffee.

Es ist kalt und es regnet. Freundlich wie er ist, lässt der Fahrer während seiner Pause schon Fahrgäste einsteigen.

10 Minuten sind vergangen, es ist still im Bus. Schließlich packt er sein Frühstück ein und fragt mit tiefer Stimme durch das Mikrophon:

„Wo wollen wer denn heute hin?"

Da tönt es zaghaft aus der letzten Reihe:

„Nach Venedig?"

Der Busfahrer startet den Motor und sagt:

„Jut, dann sag ick jetzt der Zentrale Bescheid, det se heute nich uff uns warten solln."

Im Supermarkt

Schlange stehen an der Kasse im Supermarkt. Eine alte Frau lädt die Einkäufe langsam aus dem Körbchen Ihres Rollators auf das Laufband. Die Kassiererin zieht die Waren teilnahmslos, ‚piep, piep, piep', über das Lesegerät.

Das geht der alten Frau zu schnell.

„Ich kann gar nicht so schnell gucken, wie Sie die Sachen eintippen!" beschwert sie sich.

Die Verkäuferin sagt: „Tippen muss ich gar nicht mehr. Haben Sie eine Kundenkarte?"

„Nein, brauche ich eine?"

„Sie können Punkte sammeln", die Kassiererin atmet geräuschvoll aus.

„Ach was, wenn es noch Rabattmarken gäbe, dann wüsste ich wenigstens, was ich hätte!"

Die Dame verstaut den Einkauf Stück für Stück wieder im Körbchen und zählt der Kassiererin umständlich die Münzen in die Hand.

Die an der Kasse Wartenden sind unruhig. Die alte Frau ist jedoch noch nicht zufrieden.

„Was könnte ich denn mit so einer Karte sammeln?"

Sie reckt den Kopf zur Kassiererin auf.

„Sie können Digits sammeln!"

„Was kann ich? -`Dickes' sammeln? Das habe ich sowieso schon um die Hüften gesammelt", sie lacht und dreht sich zu mir um.

„Haben Sie so eine Karte für „Dickes"?" Ich nicke mit gesenktem Kopf und schaue mich zu den Wartenden um.

„Dann geben Sie der Dame doch mein „Dickes", bestimmt sie und weist auf mein Portemonnaie, das ich in der Hand halte. Ich suche die Plastikkarte heraus, und sie beobachtet, wie die Kassiererin den Vorgang abwickelt.

Die Schlange hinter mir ist lang geworden und die Kunden haben begonnen, über das elektronische Rabattsystem zu diskutieren. Die alte Frau schiebt zufrieden mit ihrem Rollator davon.

Nun wartet die Kassiererin. Das Kassenband ist leer.

Am Ausgang des Supermarkts treffe ich die alte Frau wieder und biete an beim Transport des Einkaufs zu helfen.

„Ne, ne, lassen Se man", sie winkt kopfschüttelnd ab.

„Aber vielleicht sieht man sich mal wieder. Haben wir doch beide was davon, nicht?" und zuckelt Schrittchen für Schrittchen davon.

Ich gehe, meine Banane, ein Joghurt, zwei Brötchen, Portemonnaie und Schlüsselbund in den Händen jonglierend auf die Straße und bin mir nicht sicher, ob das elektronische Rabattsystem für die Erforschung des deutschen Konsumverhaltens wirklich sinnvoll ist.

Dann fällt das Portemonnaie in eine Pfütze.

Loriot und der „Karneval der Tiere"

In der Philharmonie: Loriot soll seinen Text zur „Großen Zoologischen Fantasie: Karneval der Tiere" von Camille Saint-Saëns in Begleitung der Berliner Philharmoniker vortragen.

Der Künstler kommt etwas spät und langsam auf das Podium. Er trägt einen großen Schlapphut auf dem Kopf.

Im Publikum raunt es.

Loriot setzt sich auf seinen Stuhl. Man sieht, dass er unter dem Hut einen Verband um den Kopf geschlungen trägt.

„Meine Damen und Herren, sie wundern sich über meinen Kopfputz. Aber gestern bin ich Ecke Savigny-Platz-Bleibtreustraße mit einem Rhinozeros zusammengestoßen. Das Tier hat gewonnen und kam unerkannt davon!"

Irrwege eines Architekten

Beim Senatsbaudirektor ist ein Gespräch mit den Architekten, Ingenieuren und Bauherren des neuen, im Bau befindlichen Hauptbahnhofs in Berlin angesagt. Alle sind anwesend, wer fehlt ist der Chefarchitekt aus Hamburg, Meinhard von Gerkan.

Fast eine halbe Stunde zu spät trifft er auf die Diskussionsrunde und entschuldigt sich ausführlich.

„Sie glauben nicht, was ich erlebt habe. Ich komme mit der S-Bahn am Lehrter Bahnhof an, finde auf dem Bahnsteig nicht den Treppenabgang, weil alles abgesperrt ist. Ich frage einen Wachmann, der sagt:

‚Dahinten, hinter der Absperrung da, ist der Ausgang.'

Ich gehe dahin, aber da ist kein Ausgang.

Jetzt reichte es mir, ich spreche ihn nochmals an und bitte ihn mitzukommen, um mir den Ausgang zu zeigen. Da winkt der ab und sagt:

`Beschweren Sie sich doch beim Architekten!`"

Die Fahrschulstunde

Ja, ich nehme mit 52 Jahren wieder Fahrstunden, weil ich mir vorgenommen habe, einen Jugendtraum zu erfüllen und endlich einen Motorradführerschein zu erwerben. Auch wenn es etwas gewöhnungsbedürftig ist, mit 18-jährigen im Theorieunterricht zu sitzen, die Fahrstunden genieße ich.

Also es geht los. Heute soll ich hinter dem Fahrschulwagen herfahren. Ich sitze am Straßenrand auf der schweren Maschine mit laufendem Motor und warte auf den Fahrlehrer, der zu seinem Wagen gegangen ist. Er hat mich instruiert, erst dann loszufahren, wenn er vor mir ist, rechts blinkt und ihm dann in die Nebenstraße zu folgen. Gesagt, getan. Vor mir fährt jetzt sehr langsam der graue Fahrschul-Golf und blinkt nach rechts. Ok, ich schaue mich um, in die Rückspiegel, blinke und folge ihm langsam. Nach einigen Metern bereits wundere ich mich, warum mein mitteilsamer Lehrer heute gar nichts über Funk zu mir sagt. Ich selbst habe kein Mikrofon. Nach weiteren 100 Metern Fahren merke ich, dass das Fahrzeug vor mir gar kein Fahrschulschild trägt.

„Ach du Schei….", sage ich, überlege, was ich machen soll, fahre langsam rechts ran, stelle den Motor ab und das Motorrad auf den Seitenständer, steige ab, nehme den Helm herunter und weiß nicht, was ich tun soll.

Da nähert sich, -Zufälle gibt es nicht-, langsam ein Polizeifahrzeug und hält neben mir. Ich trage ja die Warnweste mit der Aufschrift „Fahrschule". Der Polizist lässt die Scheibe herunter und fragt grinsend:

„Na, Fahrlehrer verloren?"

Ich nicke betreten. Da ich kein Handy dabei habe, versucht die Beamten grinsend die Fahrschule telefonisch über mein Dilemma zu informieren, aber sie erreichen nur den Anrufbeantworter.

Ich könnte vor Scham im Boden versinken.

Also entscheiden die Beamten mich zur Fahrschule zurück zu eskortieren. Mit Blaulicht, eingeschaltetem Signal „Bitte folgen", drehen sie um. Und ich folge, mit schweißnassen Händen versuchend auf dem rutschigen Kopfsteinpflaster in der engen Wendung nicht auch noch mit der schweren Maschine umzufallen.

Mein Fahrlehrer hat mich erst 20 Minuten später vor der Fahrschule neben dem Motorrad stehend gefunden, war aufgeregt und wütend über meinen vermeintlichen Alleingang und hat mich dann auf einem Waldparkplatz voller Laub und Wurzeln mit Anfahren und Anhalten und Anfahren und… so lange „strafexerzieren" lassen, bis ich den Motor nur noch abgewürgt habe.

Ende der Geschichte: Die Prüfung habe ich beim ersten Anlauf bestanden, und der Fahrlehrer hat dafür gesorgt, dass das Funksignal zum Fahrschüler eine größere Reichweite bekam aber mir vorher eingeschärft in Zukunft, niemals fremden Männern im grauen Golf zu folgen.

Verstimmte Gefühle

Begehung der neu eingerichteten Sammlungspräsentation mit den Abteilungsleiterinnen und dem Museumsdirektor. Der Direktor ist mit allem unzufrieden, Erklärungen warum gerade etwas so gehängt oder so auf Sockeln präsentiert ist, nicht akzeptierend.

Er: „Warum haben sie diesen Sockel hier nicht einfach an den Seiten aufgelassen?"

Ich: „Weil ein dunkles Loch von den Architekturmodellen abgelenkt hätte."

Er: „Warum stehen die Modelle so angeordnet auf dem Sockel?"

Ich: „Weil sie inhaltlich so zusammengehören."

Er: „Das ist kein Argument!"

Ich: „Ich habe sie sowohl inhaltlich als auch aus dem Gefühl für die Komposition so angeordnet!"

Nach weiterem Hin-und-Her schimpft er:

„Dann stimmt etwas mit Ihrem Gefühl nicht!"

Ich: „Mit meinem Gefühl stimmt etwas nicht?"

Die Kolleginnen und Kollegen halten sich geflissentlich aus dem Dialog heraus.

Bei mir aber steigen gleichzeitig mit Ärger Worte eines Loriot-Sketchs in mir auf, die ich nicht schaffe zurückzuhalten:

„Eine Frau hat das im Gefühl!"

Er: „Was?"

Ich: „Wann das Ei hart ist."

Kabarettistische Begegnung

Der Kabarettist Dieter Hildebrand erhält anlässlich seines 80. Geburtstags eine „Lange Nacht des Kabaretts" in der Akademie der Künste. Ich habe gerade dort die Stelle als Abteilungsleiterin begonnen, und mein Direktor stellt mich Hildebrand vor. Ich bin ganz überwältigt, meinem Kabarettisten Idol Dieter Hildebrand gegenüberzustehen- auch wenn ich ihn mir größer vorgestellt hatte-, und weiß nicht, was ich sagen soll. Also übernimmt mein Direktor, die Vorstellung.

„Oh", sagt Hildebrand, „Ein Baukunstarchiv, das ist ja auch schön."

Offenbar weiß er mit einem solchen nicht viel anzufangen und ergänzt lächelnd: „Wenn man weiß, was man da tun muss….".

Ich antworte mit Inbrunst: „Oh ja, ich übernehme das, was Architektinnen und Architekten am Ende ihres Lebens aus ihrer Lebenstätigkeit für die Ewigkeit aufbewahrt wissen möchten."

Und er antwortet, jetzt gütig lächelnd, mit dem Motto seines kabarettistischen Abends:

„Ja, alt werden, ist nichts für Feiglinge!"

„Nichts ist erledigt!"

Eine Gruppe Touristen steht vor dem Neubau der Akademie der Künste am Pariser Platz. Man diskutiert über die Architektur des Gebäudes.

„Ist ja komisch", sagt einer, eindeutig aus Norddeutschland stammend, „alle Gebäude hier sind aus Stein, nur dieses ist ganz aus Glas gebaut."

„Na ja, hier wohnen eben Künstler, die haben nichts zu verbergen", wirft eine Frau ein. Und sieht sich Zustimmung suchend in der Gruppe um.

„Aber warum steht auf dem Banner da ‚Nichts ist erledigt'?"

Ratlosigkeit und Schweigen.

Ein Berliner, der sich zu der Gruppe gestellt hat, um dem Gespräch zu lauschen, wirft in die Stille ein:

„Dat hängt hier schon länger, und man könnte sich fragen warum".

Die Touristen drehen sich zu ihm um, und der Mann fühlt sich bemüßigt den Auswärtigen einen Tipp zu geben:

„Also, wenn ick Sie wäre, dann würde ick jetzt da rinn jehn und fragen, ob schon wat erledigt is!"

Hebt die Hand zum Gruß und geht.

Die Gruppe schaut ihm anerkennend hinterher. Ob man ihnen den Titel einer Ausstellung des Künstlers Klaus Staeck erklärt hat, weiß ich nicht.

Neubaueröffnung am Pariser Platz

Feierliche Eröffnung des Bankneubaus am Pariser Platz.
Alle Honoratioren des Geldhauses, Vertreter der Stadt, der
Baugewerke und wenige andere eingeladene Gäste stehen
im Rund des hellerleuchteten Baus und fachsimpeln über
die Finanzwelt im Allgemeinen und das Bauen im Speziellen.

Die entwerfenden Architekten sind anwesend und der
Abend mit deutlichem Herrenüberschuss wird fröhlich
und laut.

Schließlich entscheidet sich der Architekt den Neubau
nochmals genau zu inspizieren. Er läuft alleine los und
kommt rund eine Viertelstunde später mit stark blutender
Stirn zu den um die Stehtische gruppierten, sich prächtig
unterhaltenden Gästen zurück.

Entsetzt wird er gefragt, was geschehen sei.

Er: „Ich habe mir den Kopf an einer Flurlampe gestoßen!"

Darauf einer der Bauherren: „Aber die haben Sie doch
selbst entworfen!"

Darauf der Architekt: „Tja, manchmal sind Entwürfe gut
und meist weniger gefährlich als die Ausführung".

Häuserbau oder Städtebau

Ich sitze während einer Tagung, in der es um die Entwicklung des Städtebaus in Deutschland nach dem Krieg geht, neben einem hochbetagten Architekten, dessen Name ich nicht kenne.

Er scheint ziemlich schwerhörig zu sein, denn er beschwert sich immer wieder über den kaum zu verstehenden Vortrag des, ebenfalls betagten Referenten. Jedoch scheint er mit diesem Architekten, einem Städteplaner, nicht im besten Verhältnis zu stehen. Dann -in eine Pause des Redners-, flüstert er mir so laut zu, dass es mindestens zwei Reihen vor und hinter uns verstehen können:

„Was will der Mann eigentlich, der hat doch noch nie einen Stein auf den anderen gesetzt?"

Nächtliche Ruhestörung

Im Halbschlaf höre ich eine Autohupe in rhythmischen Intervallen.... Ich möchte nicht wach werden, bin es aber doch. Endlich raffe ich mich auf und tappe durch die dunkle Wohnung vom Seitenflügel nach vorn zur Straße und sehe und höre, es ist mein Auto, das mit leuchtender Warnblinkanlage Alarm hupt.

„Verdammt", das Cabrio-Dach ist aufgeschnitten. Ich werfe meinen Mantel über und renne nach draußen. Das Radio ist auch geklaut. Über mir im nächtlichen Herbstdunst aus den Fenstern wütende Mieter, die fragen, ob ich zu blöd sei, die Alarmanlage abzustellen. Ich kriege es tatsächlich nicht hin und verzweifle zunehmend. Mit zitternden Fingern wähle ich nach der Polizei, die aber nicht kommt.

Irgendwann habe ich verstanden, dass man mit dem Zündschlüssel den Alarm abstellen kann und gehe bibbernd in die Wohnung. Eine Stunde später klingelt es an der Haustür. Ich vermute verärgerte Nachbarn, aber es stehen zwei Streifenpolizisten vor der Tür. Ich freue mich über den späten Besuch, doch sie teilen mir mit, dass wegen nächtlicher Ruhestörung eine Anzeige gegen mich gestellt wurde.

„Was?", ich bin entsetzt und erkläre den Grund. Voller Mitleid, das ich gar nicht erwartet hätte, nimmt einer den Autoeinbruch auf und der andere fragt mich, ob er mir einen Tee kochen soll. Ich bin baff, zeige ihm die Küche und setze mich wieder zu seinem Kollegen. Nach einer Weile kommt er mit drei Tassen dampfenden Kaffees zurück. Er habe keinen Tee gefunden, entschuldigt er sich.

Dankbar nippe ich an dem schwarzen Gebräu, das dunkler und bitterer ist als diese Nacht.

Geschlafen habe ich danach nicht mehr eine Minute, aber am nächsten Morgen eine riesengroße Packung Pralinen in die Polizeiwache Berlin-Mitte gebracht, auch wenn der Einbruch nie aufgeklärt wurde.

Pressekonferenz in der Kinemathek

Loriot steht Journalisten während der Pressekonferenz anlässlich seiner Ausstellungseröffnung in der Kinemathek am Potsdamer Platz Rede und Antwort.

Ein Journalist meldet sich:

„Herr von Bülow, was ist der Unterschied zwischen einem Künstler und einem Karikaturisten?"

Loriot überlegt einen Moment und sagt dann im Tonfall von „Ödipussi" beim Vorstellen des Schrank Modells „Trulleberg":

„Ein Künstler schneidet sich unter Umständen im Leben einmal ein Ohr ab, ein Karikaturist tut das in der Regel nicht!"

Bruno Taut

Bei einem Besuch einer ehemaligen Kollegin, mit der ich immer mal wieder über die Arbeit im Museum plaudere, treffe ich auf ihre sechsjährige Enkelin und den Familienzuwachs, einen Mischlingswelpen namens „Bruno".

Nachdem ich mit beiden, -Kind und Hund-, ausgiebig getobt habe, setzen wir uns zum Tee und ich erzähle von einer neuen Ausstellung zum Werk des Architekten Bruno Taut. Die Enkelin hört aufmerksam zu, während der Welpe in seinem Hundebett an einem Kuscheltier kaut. Nach einer Weile wird der Kleinen das Kunsthistorikerinnengespräch zu langweilig und sie widmet sich wieder dem Tier.

Plötzlich steht sie neben dem Küchentisch und sagt mit vorwurfsvoller Miene:

„Oma, guck mal, Bruno taut!"

Wir sehen erst sie und dann uns fragend an. Sie aber zeigt auf den kleinen Bruno, der mit bedröppeltem Blick neben seinem Bett hockt, davor auf dem Küchenboden, eine Hundepfütze.

Falscher Hase

Sonntagabend, ich warte beim Italiener in Moabit auf meine Pizza-Funghi zum Mitnehmen.

An der Theke stehen zwei Männer beim Bier.

„Also, ick muss Dir ne Jeschichte erzählen, da fällste vom Glauben ab!"

Darauf einen tiefen Zug aus dem Bierglas.

„Letzten Mittwoch, da war ich außer der Reihe in meinen Jarten, Du weest schon, der vor Staaken. Und da war uff einmal mein Benno weg. Det is n janz jroßer Jäger, also nich uff Menschen, aber uff Kanickel! Also ich jrabe mein Frühbeet um, und da steht der uff eenmal vor mir, mit`n totes Kaninchen im Maul. Det war aber kein Wildkaninchen, nee, das war det weiß jesprenkelte von mein Nachbarn, der so fünf sechs Stück zum Schlachten inne Buchte hat."

Tiefer Schluck aus dem Bierglas.

„Kannst mir jloben, det war mir nich recht. Ick also dem Hund det tote Tier aus`m Maul jenommen. Der hatte det schon janz schön jeknautscht. Den Dreck abjekloppt und dann vorsichtig in den Nachbarn sein Jarten jeschlichen, und det Tier wieder in die Buchte jelegt."

Der andere Mann grinst.

„Klar hätte ick ihm det bezahlt, aber erstmal so, wa? Und wat denkste, heute Morgen, kommt der an Zaun und ruft: ,ick gloob ick bin varrückt!' ,Wieso?' frag ick. ,Da ist mir vor paar Tagen eens von de Kanickel hcps jejangen, ich vergrab det hinten beim Kompost, und heute Morgen liegt det Vieh tot wieda in meene Buchte!'

„Kannste Dir vorstellen wie ick jekiekt hab?

Ick bin janz schnell nen` Bier für ihm und mich holn jejangen, und wir ham uff det Wunda anjestoßen!"

Vor mir steht der Karton mit der Pizza, ich weiß nicht seit wann.

„Ja, junge Frau, da kieken se, det is det wahre Leben!"

Hamburger Bahnhof

Mittwochmorgen am Berliner Hauptbahnhof. Gedränge auf den Rolltreppen. Unter dem hohen Glashimmel herrscht ein Kommen und Gehen. Vor dem Informationsstand hat sich eine Schlange gebildet. Im hektischen Geschiebe am Fuß der Rolltreppen steht eine junge Frau mit großem Rucksack auf dem Rücken und guckt auf ihr Handy.

Sie blickt sich hilfesuchend um und spricht eine ältere Frau an, die mit dem Gesicht dicht vor einer der hohen Fahrplanvitrinen steht.

„Entschuldigung, muss ich rechts oder links gehen, wenn ich zum Hamburger Bahnhof will?"

Die Frau wendet ihren Blick nicht vom Fahrplan ab.

„Junge Frau, da müssen se weder nach rechts noch nach links, se sind janz falsch, se sind hier in Balin!"

Das Kölner Schloss

Ich sitze im ICE von Berlin nach Köln. Mit nur geringer Verspätung rollt der Zug in der Mittagssonne langsam über die Rheinbrücke direkt auf den Kölner Dom zu. Es ist ein Anblick, den ich immer wieder neu genieße.
Ein etwa vierjähriges Mädchen zappelt nach der langen Fahrt unruhig neben seiner Mutter herum und bekommt große Augen beim Anblick des ehrwürdigen Gotteshauses.

„Mama, das ist aber ein großes Schloss! Wohnt da die Oma?"

Schönefeld und Hinterhof

Ich fahre in der Regionalbahn vom Flughafen Schönfeld in Richtung Berlin-Mitte. Mir gegenüber sitzt eine Mutter mit zwei Kindern. Die ältere mit Kopfhörersteckern in den Ohren hört sich die Umwelt schön, der jüngere kommentiert alles, was an den Fenstern vorbeizieht.

Als der Zug auf offener Strecke anhält sagt er:

„Mama, es sieht hier aber ganz schön gammlich aus. Kann man denn da nicht mal aufräumen?"

Ich schaue in die trostlosen Hinterhöfe und Abbruchgrundstücke und bin ganz seiner Meinung.

Die Mutter stimmt ihm zu und sagt:

„Schatz, da wohnen sicher Asoziale."

Eine Weile ist der Kleine still, dann meint er:

„Sieht aber fast genauso aus wie bei uns im Hof."

Flug in die Hauptstadt

Mit großer Verspätung landet die Maschine von Wien in Berlin-Tegel. Kaum hat das Flugzeug seine Parkposition erreicht, -auf einem Außenstandort-, springen die meisten auf, als habe das schnelle öffnen der Gepäckfächer Einfluss auf das Bonusmeilen Konto.

Schließlich harren die Passagiere wie die Ölsadinen gedrängt stehend auf dem Gang. Minutenlang passiert nichts. Dann ertönt die Stimme des Kapitäns aus den Lautsprechern:

„Herzlich Willkommen auf dem chaotischsten Flugplatz der Welt! Wir haben zwar eine Treppe aber niemanden, der sie bedienen kann!"

Man schaut sich betreten bis amüsiert an. Dann ruft einer aus den hinteren Reihen:

„Dann blasen se doch die Notrutschen auf, gleich kommt Fußball im Fernsehen."

Der falsche „Herr Mattern"

Meine Kollegin und ich sind auf dem Weg in die Mittagspause und verlassen den Altbau in Charlottenburg, in dem das von uns betreute Archiv untergebracht ist. Da begegnen wir vor der Haustür einem Mann, der uns fragt, ob er Herrn Mattern sprechen könne. Meine Kollegin und ich sehen uns erschrocken an und sagen wie aus einem Mund: „Aber der ist doch verstorben!"

Der Mann in grüner Arbeitskleidung schrickt entsetzt zurück und stammelt:

„Aber heute Morgen habe ich ihn doch noch gesprochen!"

Wir schauen uns jetzt ebenso entsetzt an und begreifen immer noch nicht, was gerade geschieht. Denn, man muss dazu sagen, dass das Archiv, welches wir betreuen, einen Teilnachlass des Landschaftsarchitekten Hermann Mattern bewahrt, der in der Tat bereits 1971 verstorben ist. Das erklären wir jetzt auch dem armen, immer noch vor Entsetzten starren Mann, von dem wir dachten, dass er eben diesen Archivbestand von Hermann Mattern ansehen wollte.

Daraufhin ruft er erleichtert aus: „Nein, nein, Herr Mattern ist mein Vorgesetzter, er kontrolliert heute die Grünanlagen hier hinter dem Haus!"

Wir sind alle sehr erleichtert und zeigen dem Mitarbeiter des lebenden Herrn Mattern den Weg in den Hof.

Keinen Architekten im Keller

Heute ist ein besonderer Tag in unserem Archiv, denn wir erwarten Besuch von einer 10. Schulklasse einer Kreuzberger Gesamtschule, denen wir erklären wollen, was man in einem Archiv bewahrt und was damit zu tun ist.

Die Gruppe wurde uns von den beiden Lehrerinnen im Vorgespräch als schwierig dargestellt, was die Disziplin angeht. Wir aber sind ganz guter Hoffnung, dass wir mit dem Darzubietenden die Aufmerksamkeit der ethnisch stark gemischten Klasse erreichen werden.

Die Kinder kommen an, legen ihre Jacken ab und werden instruiert, nichts anzufassen.

Ich habe mir Gedanken gemacht, wie man eine solche Gruppe am besten in das Thema einführt und frage, ob jemand von ihnen schon einmal in einem Museum gewesen seien. Zwei bis drei Hände gehen hoch. Auf die nächste Frage, ob jemand denn schon einmal in einem Archiv gewesen sei, herrscht Schweigen.

Also gehe ich einen Schritt weiter und frage, was denn ihrer Meinung nach niemals an Zeugnissen zur Architektur in ein Archiv aufgenommen werden könnte. Ich erwartete natürlich die Antwort: „Die gebauten Häuser selbst."

Aber diese Antwort kommt nicht, sondern -nach einer längeren Denkpause- von einem pfiffigen schwarz gelockten Jungen: „Die Architekten?"

Und Recht hat er, auch meiner Kenntnis nach sind noch nie sterbliche Überreste eines Architekten mit seinem persönlichen Nachlass in ein Baukunstarchiv aufgenommen worden.

Bierkauf

Ich stehe mit meinem weißbärtigen Partner an der Supermarktkasse. Vor uns ein Mann mit einem Kasten Bier.

„Hatten Sie Leergut?" fragt die Kassiererin streng.

„Nein, aber ich kann den Kasten ja gleich hier austrinken".

„Sie könnten auch drin baden", kontert die Kassiererin.

Er grinst, zahlt und geht.

Nun sind wir an der Reihe. Wir haben nur einen Liter Milch auf dem Kassenband liegen.

Die Kassiererin schaut uns an.

„Man kann auch in Milch baden", sagt sie.

„Oh, es soll ja mal jemanden gegeben haben, die in Eselsmilch gebadet hat", sage ich.

„Dann nehme ich lieber den Esel mit in die Wanne", sagt sie mit einem vieldeutigen Blick auf meinen Begleiter.

Fluchtwege

Die jährliche Inspektion der Archivräume durch den Sicherheitsingenieur steht an. Ich habe alle Kolleginnen und Kollegen vorher gebeten, sicherheitsrelevante Gegenstände von den Gängen und in ihren Arbeitszimmern sachgerecht wegzuräumen. Die Begehung klappt wunderbar, bis auf die Kaffeemaschine in der Teeküche, die noch keinen Sicherheitüberprüfungsaufkleber trägt. Der anwesende Hausmeister notiert sich das.

Dann gehen wir durch die Flure, wo ich bemängele, dass der Fluchtwegeplan auf dem Kopf herum aufgehängt ist.

Der Sicherheitsingenieur glaubt das nicht und schaut lange prüfend darauf, gibt dann aber doch dem Hausmeister die Anweisung, das zu korrigieren.

Danach folgt die Überprüfung der Handfeuerlöscher, die dadurch auffallen, dass bei allen die Verfallsdaten mehrere Jahre überschritten sind. Das findet der Sicherheitsingenieur gar nicht in Ordnung und mahnt den inzwischen ziemlich angefressenen Hausmeister, die Löscher zeitnah auszutauschen.

Dessen Antwort lautet:

„Also, wenn ick wegen die falschen Fluchtwegepläne sowieso in de verkehrte Richtung geloofen bin, denn finde ick ooch die abjeloofenen Feuerlöscher nich!"

Der Möbelpacker

Der Möbelpacker schleppt die Waschmaschine ganz allein auf dem Rücken, -wie Obelix seine Hinkelsteine- in den dritten Stock in meine neue Altbauwohnung!

Oben angekommen kann ich seine Kraft nicht genug bewundern:

„Ich schaffe es kaum, die Maschine über einen ebenen Boden zu schieben", sage ich, „die ist doch sicher bald schwerer als Sie!"

Er guckt mich lange an und sagt mit tiefer Stimme und kein bisschen atemlos:

„Eine Waschmaschine, die schwerer ist als ich, muss erst geboren werden".

Die Spinne im Entspannungsbad

Ich steige am Abend in mein Muskel-Gelenk-Entspannungsbad und freue mich auf wärmende Ruhe-Momente. Tief im Warmen versunken sehe ich erst zwei, dann vier große Spinnenbeine aus dem Überlaufsieb der Badewanne herauswinken und ein nicht gerade kleiner Körper folgt. Ich hasse Spinnen und schreie entsetzt nach meinem Mann. Er kommt ins Bad gestürmt, fürchtet einen schlimmen Unfall.

Auf mein protestierendes: „Mit einer Spinne teile ich mein Entspannungsbad nicht!" holt er Tape und verklebt das Sieb großflächig.

Immer noch skeptisch schiebe ich den Badeschaum zur Seite und entdecke auf dem Badewannengrund die inzwischen ertrunkene Spinne. Wieder rufe ich nach meiner besseren Hälfte.

Er fischt geduldig und erfolgreich nach dem toten Tier und murmelt, während er die Überreste im Klo herunterspült:

„Gelenkschmerzen hat die nun nicht mehr"…

Im Kaufhaus

Auf der Rolltreppe in einem großen Kaufhaus am Kurfürstendamm: Ein Vater mit seinen beiden Kindern läuft die nach oben fahrende Rolltreppe herunter! Sein etwa siebenjähriger Sohn findet das klasse, hopst und springt die Stufen herab und ruft unten angekommen:

„Erster!"

Sein Vater folgt ihm. Nur die kleinere Tochter ist zu zaghaft und bleibt nicht nur auf der Stelle, sondern wird von der Treppe stetig wieder herauf gefahren. Sie fängt an zu weinen.

Der Vater springt auf die Treppe und schafft es die Kleine noch rechtzeitig vor dem Ende der Rolltreppe aufzufangen, nimmt sie auf den Arm und rennt mit ihr die Treppe wieder herunter.

Unten schluchzt die Kleine:

„Papa ich mag es gar nicht, wenn die Treppe rückwärtsfährt!"

Im Krankenhaus

Im der großen Aufnahmehalle des Benjamin-Franklin-Klinikums herrscht am Montagmorgen Massenandrang. Es wird unter den Patienten mit Wartemarken in den Händen über die nervende Wartezeit und die „unnötige" Frühstückspause der Schaltermitarbeiterinnen gemurrt.

Da sagt eine ältere Dame mit Rollator zu einer anderen älteren Dame mit Rollator:

„Hätten die jetzt nicht solange Frühstückspause gemacht, wären wir jetzt hier alle fertig und lägen schon in unseren Betten!"

„Genau", sagt die andere Dame und fragt dann: „Sie waren vor mir dran, nicht?"

„Nein, nein", sagt die erste Dame, „Sie waren nach mir an der Reihe!"

„Ach, ja, richtig", sagt die andere.

Beide sind mit dem Gespräch zufrieden und warten.

Mit Windkraft im Taxi

Mit einer großen Rolle unter dem Arm steige ich am Pariser Platz in ein Taxi und bitte den Fahrer mich nach Kreuzberg zu einem Verlag zu fahren. Er ist interessiert und fragt mich, ob in der Rolle Zeichnungen seien. Ich verneine und erzähle von meinem Buchprojekt über einen Architekten. Nach einer Weile gibt er zu, auch er habe ein Buch geschrieben, Titel: Der Frosch im grünen Tümpel.

Aha, denke ich, ein Öko-Freak. Als ich ihn nach dem Verlag frage, meint er:

„Nee, lass ich nur auf Nachfrage drucken - Habe schon 5 Stück verkauft, davon 3 in die Schweiz!"

Ich schweige. Dann wechselt er das Thema und sagt, dass er Herrn Professor Lesch von „Leschs Kosmos" geschrieben habe, der ihm aber nicht geantwortet habe, weil er wohl am Tag 1.000 Emails bekommen würde, die man ja nicht alle beantworten kann.

Auf meine Nachfrage, was er denn vom Professor gewollt hätte, sprudelt es aus ihm heraus, dass nämlich aufgrund der vielen Windkraftwerke auf der Erde, diese sich schneller drehen würde.

Ich bin beeindruckt, denke nach und frage, ob denn auf der gesamten Erdkugel immer dieselbe Windrichtung herrsche, damit das klappen könnte. Darauf geht er nicht ein und führt die Gründe für seine Annahme aus, denen ich logisch nicht folgen kann.

Mir bleibt schließlich nichts mehr als zu sagen: „Aber, wenn sich die Erde wirklich schneller drehen würde, müssten ja die Tage kürzer werden".

„Natürlich", kommt es spontan, „merken Sie das denn nicht?"

Ich muss zugeben, mir kommt es seit Jahren schon so vor, als würde die Zeit stetig schneller vergehen. Das sage ich ihm aber nicht.

Inzwischen sind wir an der Zieladresse vorbeigefahren, und der Fahrer stellt das Taxameter ab.

Zuhause recherchiere ich im Internet nach der Windkraft-These und muss zugeben, dass einige Theorien darüber zu finden sind.

Ich werde ab jetzt die Uhr genauer im Blick behalten.

Museum für Architekturzeichnung

Ich habe einen Termin im Museum für Architekturzeichnung am Pfefferberg in Berlin-Mitte. Ich lege gerade einen Zettel mit Telefonnummer auf das Armaturenbrett meines Autos, das ich hinter dem Museum geparkt habe, als mich ein älterer Mann, offensichtlich Tourist aus süddeutschem Raum, anspricht:

„Wissen Sie, was das für ein Gebäude ist?"

„Ja, das ist das Museum für Architekturzeichnung, in dem werden nur originale Handzeichnungen aus der Architekturgeschichte ausgestellt", sage ich und merke gleich, dass das vielleicht schon eine zu ausführliche Antwort war.

Er schaut kritisch an dem Gebäude herauf:

„Und warum ist das in so verschobenen Kisten gebaut?"

Auch diesen Sinn, den der Architekt dahinter verborgen hat, versuche ich ihm zu erläutern.

„Aha, dann sind das also die Kisten für die Zeichnungen", sinniert er, „ganz schön groß sind die!"

Ich will darauf keine Antwort mehr geben und gehe langsam weiter.

Aber er hat noch eine Frage:

„Hat das Museum auch eine Toilette?"

„Ja", sage ich, und um das gleich klar zu stellen: „aber nur für Besucherinnen und Besucher."

Er geht weiter.

Während ich mich dem Eingang zuwende, fällt mir ein, dass mir ein Ausstellungsarchitekt zu Beginn meiner Museumskarriere in den neunziger Jahren einmal gesagt hat, welches das Fragenranking von Besuchern sei, wenn sie ein Museum zum ersten Mal betreten:

1. Frage: „Wo sind die Toiletten?"
2. Frage: „Wo ist die Cafeteria?"
3. Frage: „Wo ist der Museumsshop?"
Und erst die 4. Frage lautet: „Was wird hier ausgestellt?"

Und dieser Mann hatte die 2. und 3. Frage ganz ausgelassen und die Toilettenfrage erst zum Schluss gestellt, beeindruckend!

Eva-Maria Barkhofen

1956 in Essen geboren. Ausbildung zur staatlich geprüften Berufsreiterin; Studium der Kunstgeschichte, Klassischen Archäologie und Europäischen Ethnologie an der Westfälischen Wilhelms-Universität Münster; 1990 Promotion zu einem Thema der Barockarchitektur; 1990-91 Volontariat an den Staatlichen Museen zu Berlin Preußischer Kulturbesitz; 1991-94 Referentin der Inventarisation am Brandenburgisches Landesamt für Denkmalpflege; 1994-2006 Leiterin der Architektursammlung, Berlinische Galerie, Landesmuseum für Moderne Kunst, Fotografie und Architektur, Berlin; 2006-2020 Leiterin des Baukunstarchivs an der Akademie der Künste, Berlin; 1998-2019 Sprecherin der Föderation deutschsprachiger Architektursammlungen; seit 2014 öffentlich bestellte und vereidigte Sachverständige für architekturbezogene Kunst und Archivobjekte.